OTROS LIBROS
DE HANS DE BEER EN ESPAÑOL:

El osito polar
Al mar, al mar, osito polar

First Spanish language edition published in the United States in 1996
by Ediciones Norte-Sur, an imprint of Nord-Süd Verlag AG, Gossau Zürich, Switzerland.
Distributed in the United States by North-South Books Inc., New York.
Copyright © 1990 by Nord-Süd Verlag AG, Gossau Zürich, Switzerland
Spanish translation copyright © 1996 by North-South Books Inc.

ISBN 1-55858-639-3 (SPANISH PAPERBACK)
1 3 5 7 9 10 8 6 4 2
Printed in Belgium

El osito polar
y su nueva amiga

escrito e ilustrado por

Hans de Beer

traducido por Nuria Molinero

Ediciones Norte-Sur

NEW YORK

Lars, el osito polar, se sentía muy solo. Mientras contemplaba
las aguas frías y azules del mar, pensaba en cuánto le gustaría
tener un amigo con quien jugar.

Cuando Lars volvió a casa, su mamá se dio cuenta enseguida
de que le pasaba algo.

—¿Por qué estás tan triste? —le preguntó.

—Porque no tengo ningún amigo —respondió Lars con tristeza.

—No te preocupes —dijo su mamá—. Algún día encontrarás a
alguien con quien jugar.

A la mañana siguiente, Lars estaba dando un paseo cuando creyó ver un osito polar al lado de una enorme caja de madera.

"Lo voy a saludar", pensó Lars; pero al acercarse, se dio cuenta de que el osito era de madera.

Lars sintió olor a comida y se metió en la caja para ver qué había dentro. De repente, escuchó un ruido muy fuerte y la puerta de la caja se cerró de golpe.

¡Estaba atrapado!

Dentro de la caja estaba tan oscuro que Lars no podía ver nada. Se tiró contra la puerta, pero no consiguió abrirla.

Las horas fueron pasando. Lars pensó en lo preocupados que debían estar sus padres al ver que no volvía a casa.

De repente, escuchó voces. La caja se empezó a mover y Lars sintió que la estaban levantando.

Lars tuvo mucho miedo. La caja continuó moviéndose y balanceándose de un lado a otro durante más de una hora. Cuando por fin dejó de moverse, Lars se puso a gritar, pero nadie le abrió la puerta.

De pronto, la caja empezó a sacudirse y Lars oyó un fuerte rugido. Le pareció que lo empujaban hacia abajo y hacia atrás, y sintió un extraño malestar en el estómago, pero luego se le pasó. Estaba tan cansado que se acurrucó en la caja y se quedó dormido.

Antes de que Lars pudiera darse cuenta de lo que ocurría, se oyó un fuerte golpe y, por fin, la puerta de la caja se abrió de golpe.

Lars vio que estaba en un sitio extraño, lleno de cajas de madera y muchísimos olores desconocidos.

—¡Eh, osito polar, ven aquí! —dijo una voz grave en tono amistoso. Lars miró hacia arriba y se quedó muy sorprendido al ver a una enorme morsa.

—¿Qué haces tú aquí? —preguntó Lars.

—Me atraparon, igual que a ti —dijo la morsa—. El búho dice que nos llevan a un zoológico.

—¿Qué es un zoológico? —preguntó Lars.

—No sé —gruñó la morsa—, y no lo quiero saber. ¿Crees que podrías abrir el cerrojo de la jaula?

Lars golpeó el cerrojo con las patas hasta que consiguió abrirlo.
La morsa se arrastró pesadamente fuera de la jaula, y juntos
empezaron a liberar a los otros animales.

A medida que abrían las jaulas, Lars se vio rodeado de animales
que no había visto nunca. Pero la mayor sorpresa salió de la
última caja: una osita parda que se llamaba Bea.

La morsa era muy inteligente y muy pronto encontró una manera de escapar. Todos los animales se sintieron tan contentos de estar libres que comenzaron a correr enseguida, dejando atrás a la lenta morsa.

—¡Espérenme! —les gritó.

Lars y Bea se detuvieron inmediatamente al oir a la morsa y regresaron corriendo a ayudar a su amiga.

—Perdona que te hayamos dejado sola —dijo Lars—. Terminaremos juntos lo que empezamos juntos.

Los tres llegaron al bosque casi de noche, y escondiéndose entre los arbustos consiguieron escapar de los focos que los buscaban. Cuando por fin se adentraron en el bosque y estuvieron fuera de peligro, Lars, Bea y la morsa se quedaron dormidos.

A la mañana siguiente, cuando Lars se despertó, se sorprendió al oir llorar a Bea.

—¿Qué te pasa? —preguntó Lars—. Ya no corremos ningún peligro.

—A mis padres también los capturaron y seguro que ya nunca los volveré a ver —sollozó Bea.

—Lo siento —dijo Lars, quien tuvo entonces una idea—. ¿Por qué no vienes a casa conmigo? —preguntó, muy contento—. Podrías ser mi hermana.

—Pero, ¿a tus padres no les importará que sea de color pardo? —preguntó Bea.

—Por supuesto que no —respondió Lars—. Un oso es un oso.

Cuando la morsa se despertó, los tres hablaron sobre cómo volver a casa.

—Si llegamos a encontrar un río —propuso la morsa—, yo los podría llevar sobre el lomo.

Mientras la morsa hablaba, Bea vio unas abejas volando cerca de un árbol.

—¡Tengo hambre! —le dijo Bea a Lars—. ¿Me ayudas a recoger un poco de miel?

Como Lars nunca había visto abejas, se asustó y se escondió detrás de unos arbustos con la morsa.

A Lars y a la morsa les gustó mucho la miel. En cuanto
terminaron de comer, los tres amigos se pusieron en marcha en
busca de un río. Mientras caminaban, Lars no podía creer la gran
cantidad de árboles que había en el bosque.

Por suerte, Bea tenía muy buen olfato y rápidamente los condujo
hasta un pequeño arroyo. La morsa se tiró sin dudar al agua y
empezó a chapotear.

—¡Qué placer! —exclamó feliz—. ¡Vengan, súbanse a mi lomo y
vámonos!

A medida que la morsa nadaba, el arroyo se fue convirtiendo en un río. Lars le hablaba a Bea de su maravilloso hogar.

De pronto, Lars olfateó algo familiar.

—Estamos llegando a una ciudad —dijo—. Una vez yo estuve en una. Debemos tener mucho cuidado. Esperemos hasta que oscurezca.

Mientras esperaban a que anocheciera sentados a orillas del río, Lars les contó su aventura en la ciudad.

—Conocí a unos gatos muy buenos —recordó—, pero allí todo era muy sucio. Donde yo vivo es mucho más lindo que la ciudad.

Al día siguiente, Lars y la morsa reconocieron el olor del agua
salada del mar.

—Ya casi estamos en casa —le dijo Lars a Bea.

—Todavía, no —dijo la morsa—. Aún nos queda un largo
camino y primero debemos pasar esas puertas.

Pronto se encontraron en el medio del océano. Había empezado
una tormenta y las olas eran cada vez más y más grandes.

—¡Agárrense con fuerza! —gritó la morsa.

Finalmente, los tres amigos llegaron al Ártico. Bea observaba el extraño paisaje. Ya conocía la nieve, pero nunca había visto tanta.

La morsa dejó a Lars y a Bea muy cerca de la casa de Lars. Había llegado la hora de despedirse.

—Gracias por esperarme —dijo la morsa—. Nunca hubiera conseguido volver sin la ayuda de ustedes.

—Nosotros tampoco hubiéramos vuelto sin tu ayuda —contestó Lars.

La morsa se alejó nadando, y Lars y Bea se fueron a buscar a los padres de Lars. A Bea le resultaba difícil caminar sobre la nieve y el hielo. Se tropezaba y se resbalaba una y otra vez.

De repente, Lars vio a sus padres y salió corriendo a saludarlos.
Bea se resbalaba tratando de seguirlo.

—¿Dónde has estado? —preguntó su mamá—. Estábamos muy
preocupados.

Lars les contó su última aventura y les explicó que Bea había
perdido a sus padres.

—Tiene miedo de que no la dejen quedarse porque es de color
pardo —dijo Lars.

—¡Qué tontería! —dijo el papá de Lars—. Un oso es un oso.

La mamá de Lars le dio a Bea un fuerte abrazo.

—Eres una osa muy linda —dijo— y puedes quedarte con
nosotros todo el tiempo que quieras.

Lars estaba muy contento.

—¡Qué ganas de llegar a casa! —dijo—. ¡Hay tantas cosas que
le quiero mostrar a mi nueva amiga!